생기꽃이 피는
행복한 날

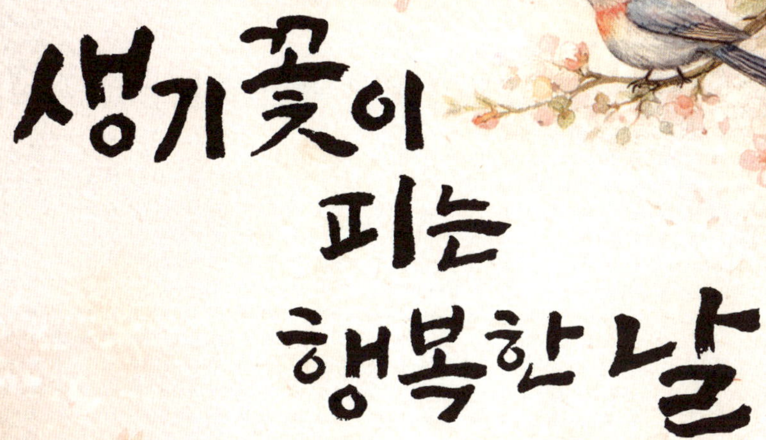

생기꽃이 피는 행복한 날

기풍선생 시선집

좋은땅

『생기꽃이 피는 행복한 날』

2025년, 『생기꽃이 피는 날』이 조용히 세상에 놓였다.

그 책은 말없이 피어나는 생기의 시작을 기록한 한 권의 숨이었다.

그리고 2026년, 그 숨은 한 걸음 더 깊어져

『생기꽃이 피는 행복한 날』로 돌아왔다.

이 두 번째 시선집은

행복을 새로 찾아 나서는 여정이 아니라,

이미 우리 삶 속에 놓여 있던 따뜻한 자리로

되돌아가는 기록이다.

고향의 들꽃에서 시작해서

아버지의 발자국을 지나

어머니의 품과 강물의 흐름을 따라

다시 자신의 뿌리로 돌아오는 길로 표현을 했다.

이 시집은 그 조용한 귀환의 과정을 담았다.

기풍 안종회의 시는 크게 외치지 않는다.

설명하려 하지 않고, 위로를 앞세우지도 않는다.

다만 삶의 자리에서 스스로 피어나는 생기의 순간을

맑은 언어로 길어 올린다.

행복은 멀리 있는 빛이 아니라 살아온 삶의 하루에서

천천히 익어 가는 온기임을, 이 시집은 낮은 목소리로 전하고 있다.

아버지의 침묵 속에서 책임을 배우고, 어머니의 기도 속에서 안식을

발견하며,

자연의 흐름 속에서 사람이 서 있어야 할 자리를 되묻게 한다.

『생기꽃이 피는 행복한 날』은 읽고 덮는 시집이 아니라

곁에 두고 다시 펼치는 시집이다.

바쁜 시간 사이에 잠시 멈추어 자신이 걸어온 길을 돌아보게 하는 책

이다.

2026년,

이 시집이 독자의 삶 한가운데 작은 숨처럼 머물기를 바란다.

행복하고 즐겁게 살아온 당신의 하루에 조용히, 그러나 분명하게

한 송이 생기꽃이 피어나기를.

『생기꽃이 피는 행복한 날』을 펴내며

2025년 『생기꽃이 피는 날』을 세상에 내놓으며, 나는 '피어남'에 대해 오래 생각했다.

꽃이 피는 순간보다, 꽃이 피기까지 견디는 시간을 더 바라보게 되었다.

그리고 그 시간 속에 이미 생기가 흐르고 있다는 것을 알았다.

이 두 번째 시선집 『생기꽃이 피는 행복한 날』은

새로운 이야기를 쓰기 위해 시작된 책이 아니다.

이미 우리 삶 속에 있었으나,

너무 익숙해서 지나쳐 버린 자리들을 다시 바라보기 위해 엮은 기록이다.

고향의 들꽃,

아버지의 묵묵한 등,

어머니의 기도와 부엌의 불빛,

강물과 들판, 흙길과 바람.

그 모든 장면은 특별하지 않다.

그러나 삶을 끝까지 지탱해 준 힘은

늘 그 자리에서 시작되었다.

행복은 멀리서 찾아오는 것이 아니라

매일매일 사는 일상의 하루 끝에서 조용히 익어 가는 것임을,

이 시집을 쓰며 다시 배웠다.

견디고, 기다리고, 돌아보는 시간 속에서

사람은 스스로를 잃지 않는다.

나는 이 책에서

위로를 크게 말하지 않았다.

다만 독자 곁에 앉아

숨을 한 번 고르게 하고 싶었다.

'이미 성실히 걸어왔다'는 사실을

스스로 허락할 수 있기를 바랐다.

생기꽃은 화려하지도

그러나 쉽게 시들지 않는 꽃으로

마음에 희망과 소망과 용기를

심어 주는 생기꽃이다.

이 시집 또한 그러하기를 바란다.

읽고 덮는 책이 아니라

곁에 두고 다시 펼치는 책이 되기를.

2026년,

이 책이 당신의 하루 한가운데

작은 빛으로 머물기를 바란다.
이미 살아온 시간 위에
조용히, 분명하게
행복이 피어나기를.

  생기꽃이 피는 행복한 날

104라는 수의 상징성과 생기철학적 해석

동양 사유에서 숫자는 단순한 수량 개념이 아니라 우주 질서와 구조를 표현하는 상징 체계로 이해되어 왔다.

『주역』과 『홍범』, 오행사상, 음양론에 이르기까지 수는 곧 질서이며, 구조이며, 존재의 방식이었다.

1(一)의 의미 — 근원과 태초

동양 고전에서 '일(一)'은 시작이자 근원이다.

『도덕경』에는 "도는 일을 낳고(道生一)"라 하여, 일은 모든 분화의 출발점으로 설명된다.

일은 분리되기 이전의 중심이며, 통합된 상태를 상징한다.

따라서 1은 뿌리 · 근원 · 출발의 자리를 의미한다.

0(쫀)의 의미 — 비움과 가능성

동양 철학에서 비움은 부재가 아니라 가능성의 자리다.

불가의 공(쫀) 사상은 '없음'이 아니라 '고정되지 않음'을 뜻한다.

공은 채워질 수 있는 공간이며, 순환의 매개다.

0은 서양식 숫자 개념이지만, 동양적 해석에서는

비움 · 절제 · 순환의 중간 지점으로 읽을 수 있다.

4(四)의 의미 — 공간과 질서의 완성

사(四)는 동서남북의 사방, 춘하추동의 사계,

오행 체계에서 중심을 둘러싼 사방의 확장을 뜻한다.

4는 방향성과 균형을 가진 구조를 상징한다.

즉, 중심이 공간 속으로 확장된 상태다.

104의 구조적 해석

1 → 0 → 4는

근원 → 비움 → 확장의 흐름이다.

이는

태동 → 성찰 → 완성의 구조이며,

시작 → 절제 → 균형의 단계다.

생기철학에서의 104 의미

생기철학은 중심을 세우고, 균형을 이루며, 흐름을 머물게 하는 사유
체계다.

104는 그 구조와 맞닿는다.

1: 삶의 뿌리(고향, 부모, 근원성)

                              생기꽃이 피는 행복한 날

0: 침묵과 절제(비움, 성찰, 내면)

4: 자연과 인간의 조화(사방, 균형, 확장)

즉 104는

생기가 한 사람의 근원에서 시작하여,

비움 속에서 정제되고,

사방으로 퍼져 균형을 이루는 구조적 상징 수로 해석될 수 있다.

시집 104편의 의미

『생기꽃이 피는 행복한 날』의 104편은

단순한 수록 편수가 아니다.

이 구성은

생기가 근원에서 시작되어

삶의 성찰을 거쳐

가정 · 자연 · 인간 관계라는 사방의 세계로 확장되는

하나의 순환 구조를 상징한다.

즉, 104편은

생기의 발아에서 균형까지의 여정을 담은 구조적 배열이다.

생기철학에서 104가 지닌 뜻

동양학에서 숫자는 단순한 수량이 아니라 상징이다.

1은 근원, 모든 시작의 자리이고

0은 비움, 채움의 가능성이며

4는 사방, 동서남북과 사계의 순환을 뜻한다.

따라서 104는

근원에서 시작해

비움으로 다스리고

사방으로 완성되는 구조를 담은 수라 할 수 있다.

생기철학에서 104는

고향과 부모라는 삶의 뿌리(1),

침묵과 절제의 비움(0),

자연과 인간이 어우러진 균형의 세계(4)를 의미한다.

『생기꽃이 피는 행복한 날』의 104편은

생기가 한 사람의 삶에서 시작되어

사방으로 퍼져 나가

마침내 행복으로 머무는 과정을 상징한다.

차례

제1부 고향의 들꽃처럼

제2부 아버지의 발자국

제3부   어머니의 품

제4부   고향의 강물

제1부

고향의 들꽃처럼

흙냄새 속에서 다시 순해지는 마음

1. 고향 길목에 핀 들꽃

고향으로 가는 길목에
이름 모를 들꽃 하나
가는 사람
오는 사람

사람보다
먼저 고개를 숙이고
아무 말 없이
반기고
그 누군가
기다리고 있다

2. 어린 시절 흙 내음

제1부 - 고향의 들꽃처럼

비가 그친 들판,
젖은 흙 내음이 먼저 숨을 쉰다
맨발로 뛰놀다 넘어져도
흙을 털며 다시 웃던 날들,

내 무릎을
가장 먼저 감싸 준 것은
따뜻한 흙이었다

고향의 흙 내음 하나
나를 따라와
지친 어깨를 붙든다

떠나왔어도
그 흙은 아직
나를 놓지 않는다

3. 저녁 종이 울리던 마을

해가 서쪽 산 너머로 기울면
마을 끝 작은 예배당에서
종이 땡 땡 땡 울렸다

크지도 화려하지도 않은 종소리는
오늘도 무사히 지나갔다는
조용한 인사 같았다

밭에서 돌아오던 어른들은
괜히 발걸음을 늦추었고,
골목에서 구슬치기하던 아이들은
놀던 손을 멈추고
하늘을 한번 올려다보았다

"이제 집에 가야지."
누가 먼저 말하지 않아도
종소리가 그렇게 알려 주었다
그 소리 속에서는
걱정도 근심도 잠시 작아졌고,

집집마다 하나둘 호롱불이 켜졌다

예배당 종소리는
꼭 기도를 하지 않아도
우리를 안심시키는
저녁의 약속 같은 소리였다

4. 고향 강물에 비친 얼굴

강물 위에 얼굴 하나
물결 따라 천천히 흔들린다
웃는 듯, 울 듯한 그 표정
떠난 줄 알았던 어린 날
물결 속에서 나를 부른다

도시는 나를 멀리 데려갔지만
강은 나를 놓아주지 않고
흐르는 물 위에 남은 그림자처럼
그리움은 지워지지 않는다

손을 담그면 흩어질 듯한 시간,
물은 고요해지고
얼굴은 다시 돌아온다

떠나는 것은 세월
머무는 것은 마음과 생각
강은 아무 말 없이 흐르며
아쉬움까지 품고 흐른다

5. 봄바람에 실린 어머니의 노래

봄바람이 불면

어머니의 노래가 들려왔다

부엌과 마루 사이

밭과 집 사이

그 노래는

배우지 않아도 불릴 수 있었고

뜻을 몰라도

하루를 즐겁게 했다

낮고 짧은 음성 하나가

집을 지키고

아이를 키우고

계절을 건넜다

오동추야 달이 밝아

오동동이냐

6. 고향 장터의 웃음소리

장날이면
뻥튀기 소리보다
웃음이 먼저 들어왔다

물건을 펴기도 전에
"어이, 오랜만이네!"
인사가 값을 정했다

값을 깎다 말고
"요즘 농사는 어때?"
손은 고추를 고르면서
입은 자식 자랑을 늘어놓았다

엿장수 가위 소리에
아이들이 먼저 모이고,
두부 장수 아주머니는
덤을 한 모 더 얹어 주며
"이건 정이야." 하고 웃었다

사는 일은 늘 빠듯했지만
사는 이야기는 넉넉했다
그날 장터에서는
돈보다 사람의 얼굴이
더 많이 오갔다

7. 들녘에 서 있는 허수아비

들녘 한가운데
허수아비 하나 서 있다
낡은 모자 눌러쓰고
여름 햇살을 먼저 맞는다

아이들은 풀잎을 꽂아 주며
"올해도 잘 부탁해." 웃고,
참새들은 잠시 맴돌다
괜히 겁을 먹고 날아간다

쫓아내는 일도
지켜 내는 일도
아무도 크게 말하지 않지만

그 자리를 떠나지 않으니
벼는 익고
가을은 어김없이 온다

8. 첫눈 내리던 골목길

제1부 - 고향의 들꽃처럼

첫눈이 내리던 날
골목은 갑자기 조용해졌다
말보다 먼저
마음이 하얘졌고
아무 이유 없이
기대가 생겼다

발자국 하나하나
누군가 남기는 날
눈은 그날
처음으로
세상을 포옹했다

9. 고향집 굴뚝 연기

굴뚝에서 연기가 오르면
온 동네 굴뚝에서
봉화처럼 연기 피어오른다

밥 냄새와
사람의 숨이 섞여
고향집은 저녁을 맞이한다

10. 여름 매미 소리 속의 약속

여름 한낮
매미 소리가 성황산을 채우면
우리는 아무 약속이나 했다

커서 무엇이 되겠어
다시 만나자는 말
지키지 못할 말들이었지만
그때는 즐겁고 좋았다

미래의 꿈이
전부 이루어지는 줄 알았다

땀이 나도 웃으며 즐거워했고
시간 가는 줄 모르게 놀아도
오늘은 충분했다

매미는 울고
시간은 갔지만
그 약속의 말들

지금도 생각을 하면

웃음이 난다

11. 논두렁 길에서 마주친 소년

논두렁 길에서
소 꼴비고 놀던 친구

신나게 놀고 웃고
각자 집으로 돌아가던 저녁

그 침묵 속에
우정이 있었다

12. 황금빛 들판 위의 햇살

가을이 오면
들판은 아무 말 없이
황금빛으로 먼저 익는다

여름 내 흘린 땀 위로
햇살이 차곡차곡 내려앉고
바람은 고개 숙인 벼를
조용히 어루만진다

수확의 기쁨보다
가슴에 차오르는 것은
고맙다는 한숨 같은 숨결

자연은 늘
소리 없이 일하고
사람보다 먼저
정직하게 빛난다

13. 고향집 우물가에서

고향집 우물가에 앉으면
물소리보다 먼저
어린 날이 먼저 올라왔다

두레박을 내리면
물보다 먼저 하늘이 따라왔고
깊은 맑음 속에
우리 얼굴이 겹쳐졌다

두레박을 끌어올릴 때마다
물과 함께
이웃의 안부와
어머니의 웃음이 올라왔다

지금도
목마를 때마다
고향의 물빛이
내 안에서 다시 고인다

14. 밤하늘의 별똥별 하나

고향의 밤은 별이 많았다
마루 끝에 누워
풀벌레 소리를 들으며
하늘을 올려다보았다

그때, 별똥별 하나
어둠을 가르며 스쳤다
소원을 빌어야 한다는 것도 잊은 채
숨을 꾹 참았다

"조금만 더…"
어린 마음은
무엇을 달라 하지 않고
그 순간이 머물기만을 빌었다

별은 사라졌지만
그 밤의 두근거림은
지금도 내 안에서
조용히 반짝인다

15. 마을 앞 느티나무

마을 앞 느티나무는
늘 같은 자리에 있었다

사람이 떠나도
계절이 바뀌어도
그늘은 남아

안부를 전하고
기다림이 무엇인지
말없이
가르쳐 주었다

16. 흙벽돌 담장에 기대어

낡은 흙벽돌 담장에
등을 기대면
시간이 느려졌다

허물어져도
정겨운 것들은
쉽게 사라지지 않았다

17. 가을 들녘의 바람

가을바람은

고개를 숙이게 한다

얻은 것보다

지켜 낸 것을 돌아보게 한다

풍요는

늘 조용히 오고

감사는

그 뒤를 따른다

18. 어린 날 뛰놀던 냇물

냇물은 늘
우리를 먼저 불렀다

물수제비를 뜨고
소리를 지르며
아무 이유 없이 웃던 시절

넘어져도
다시 일어나
물장구를 치던 아이들

그 냇물은
지금도
내 안에서 흐른다

제2부

아버지의 발자국

말없이 걸어온 삶의 무게

1. 새벽 들판을 걷는 발자국

아직 해 뜨기 전
들판에는 발자국이 먼저 찍힌다

하루를 부르기 위해
어둠을 밟던 걸음

그 소리 없는 시작 위에
내 하루가 놓였다

2. 거친 손마디의 이야기

아버지의 손마디마다
낮게 눌러 삼킨 날들이 묻어 있다

갈라진 틈 사이로
세월 바람과 겨울 새벽이 스며 있었고,
그 위에 우리 이름이
조용히 얹혀 있었다

어린 날,
그 손이 내 어깨를 짚어 줄 때
말없이 든든했다
거칠었지만 따뜻했고,
무뚝뚝했지만
그 안에는 늘 먼저 오는 사랑이 있었다

아버지는 '괜찮다'는 말을
자주 하지 않았지만
그 손의 무게가
이미 믿음이었다

지금도 힘이 들면
문득
그 손마디를 떠올린다

굳은살 사이에 숨겨 두었던
아버지의 향수 같은 사랑
아직도 내 등을
조용히 받치고 있는 것만 같다

3. 낡은 고무신 속의 여정

그 시절 우리는
흰 고무신, 검은 고무신만 신고 다녔다
비 오는 골목도
눈 쌓인 마당도
고무신 한 켤레면 충분했다

공이라도 차려면
고무신 중앙에
고무줄로 칭칭 감아
친구처럼 신고 뛰었다

공을 차다 넘어져도
흙을 털며 웃던 날들

가난이라 부르기엔
웃음이 더 많았고,
신발보다 먼저
정이 닳아 가던 고향이었다

지금은
고무신 이름도 생소하지만
툭툭 울리던 발소리 속에
어린 사랑과 향수가
아직도 내 가슴을 적신다

4. 묵묵한 어깨의 무게

아버지의 어깨는
늘 조금 기울어 있었다

짐 때문이 아니라
세월의 하루를 업고 걸어온 탓이었다

비 오는 날이면
말없이 우산을 더 기울여 주던 어깨,

힘들다는 말 대신
"괜찮다." 한마디로
세상을 막아 주던 넓은 등

그 뒤에서
아무 걱정 없이 자랐다

지금도 삶이 무거워질 때면
그 기울어진 어깨가 떠오른다

묵묵히 버텨 준 사랑이
향수처럼 번져
아직도 나를 받치고 있다
보고싶고 존경하는 아버지

5. 아버지의 침묵

아버지는
말이 많지 않았다
대신 긴 하루 끝에
조용히 등을 내어 주었다

"괜찮다."
짧은 한마디와
어깨를 툭 치던 손길 하나,
그 속에 다 담겨 있었다

무뚝뚝한 얼굴 뒤에
쉽게 흔들리지 않는
사랑이 있었고,
말이 없던 자리에
존엄이 서 있었다

지금도 힘이 들면
그 침묵이 먼저 떠오른다
아버지는 말 대신

끝까지 버텨 주는 사랑을
내게 남겨 주었다

6. 한 줌의 흙처럼 살아온 길

아버지는 늘
자신을 한 줌의 흙처럼 여겼다
드러나지 않아도
밑에서 받쳐 주면
모든 것이 자란다는 것을

이미 알고 있었다
그 흙 위에서
넘어지면 다시 일어나고
넘어져 힘겹게 일어나도
아버지는
묻지 않고
그 자리를 지켰다

7. 곡괭이 자국이 새긴 시간

곡괭이가 땅을 찍을 때마다
시간도 함께 새겨졌다
눈에 보이지 않는 하루

하루들이
자국처럼 남아
가을이 오면
말없이 대답했다

살아온 만큼
결실은 반드시 온다고

8. 땀방울이 만든 밥상

밥상 위에 오른 것은
음식만이 아니었다
이른 새벽
어둠 속에서 흘린 땀
참아 낸 말들
내려놓은 욕심들이
국물처럼 고여 있었다

그 밥을 먹으며
나는 몰랐다
이 한 끼가
얼마나 많은 하루를
건너왔는지
배부름보다 먼저
마음이 든든해졌던 이유를
그때는 알지 못했다

9. 낡은 지갑 속 사진 한 장

54

아버지의 지갑 속에는
낡은 사진 한 장

말 대신 넣어 둔
가족의 얼굴

그 사진이
아버지의 전부였다

10. 저녁노을에 드리운 그림자

노을 질 무렵
아버지의 그림자가 길어졌다

하루를 다 써 낸 몸
그 그림자 안에는
고독도 있었고
존엄도 있었다

쉼은 말없이
노을과 함께 내려왔다

11. 아버지의 허리 굽음

언제부터인가
아버지의 허리가 굽었다

세월이 아니라
짐이 만든 곡선

그 굽음 덕분에
나는 똑바로 설 수 있었다

12. 밭두렁의 작은 쉼터

밭두렁에 잠시 앉은 아버지,
땀에 젖은 어깨가 낮게 숨을 쉰다

그 곁에서
처음으로 알았다
강한 사람도
잠시 기대야 한다는 것을

쉼은 짧았고
말은 없었지만
다시 일어서는 그 뒷모습에
우리의 하루가 얹혀 있었다

아버지의 사랑은
저렇게
잠깐 쉬고도
끝내 돌아서는 힘이었다

13. 가난을 지킨 자존심

가난은 숨길 수 없어도
고개는 숙이지 않았다
아버지는
자존심을 생계처럼 지켰다

가진 것보다
잃지 말아야 할 것을
먼저 알았기에
집은 늘 넉넉하지 않았지만

부끄럽지 않았다
그 자존심이
지금도 나를
바로 세운다

14. 묵직한 손길의 위로

말 대신
어깨에 얹힌 손

그 손길 하나로
존재감을 알았다

아버지의 위로는
늘 묵직했다

15. 비 온 뒤 흙냄새 같은 가르침

비가 그친 들판에
흙 내음이 오래 남듯
아버지의 가르침은
말보다 먼저 스며들었다

굳은 손과
기울어진 어깨,
그 침묵 속에
사랑이 먼저 서 있었다

넘어져도 다시 일어서는 힘,
울지 않고 버티는 마음,
그 모든 것이
아버지의 말 없는 사랑이었다

16. 새벽별을 먼저 본 눈빛

모두 잠든 새벽
아버지는 별을 먼저 보았다
희망을 보려는 눈이 아니라
하루를 준비하는 눈빛

어둠이 깊을수록
먼저 밝아야 한다는 것
그 눈빛 덕분에
나는 아직
밤을 두려워하지 않는다

17. 아버지의 주름살 지도

아버지의 얼굴에는
말 없는 지도가 있다
깊이 파인 주름마다
겨울을 건너온 길이 숨 쉬고,
돌아서야 했던 자리마다
사랑이 조용히 접혀 있다

무뚝뚝한 그 얼굴을 바라보며
나는 알았다
그 길 위에 서 있었기에
오늘의 내가
조금은 단단하다는 것을

18. 삶의 무게를 지탱한 어깨

삶은 늘 무거웠고
아버지는 아무 말 없이
그 무게를 어깨에 얹었다

비바람이 스쳐도
끝까지 서 있어야 할 사람처럼
묵묵히 등을 세웠다

그 어깨 뒤에서
나는 마음껏 흔들렸고
넘어지기도 했다

지금 돌아보면
내가 다시 일어설 수 있었던 힘은
아버지의
말 없는 사랑이 떠받친
그 어깨였다

제3부

어머니의 품

기도로 살아온 한 사람의 세계

1. 저녁밥 짓는 연기 속의 노래

저녁밥 짓는 연기 속에
어머니의 하루가 먼저 오른다

말은 적어도
밥 냄새는 따뜻했고,
부엌 문턱을 넘는 순간
"집이다." 하는 마음이
가만히 내려앉았다

어머니는 사랑한다는 말을
굳이 입 밖에 내지 않았다
대신 부엌에서 피어오르던
밥 짓는 연기처럼
조용히 퍼져 나오는 온기로
저녁을 채워 주었다

그 따뜻한 기운 속에서
하루의 피로는 낮아지고

생기꽃이 피는 행복한 날

'집'이라는 말이

비로소 완성되었다

마른 손등 위에
세월이 꽃처럼 피었다
아름다움이라 부르지 않아도
그 손은 늘 가장 먼저
나를 불렀다
주름진 시간 속에서
사랑은 마르지 않았다

3. 어머니의 눈빛 속 강물

어머니의 눈빛을 들여다보면
강물이 흐른다
말하지 않아도
모든 것을 씻어 내는 물

기쁨도 서러움도
그 눈빛 앞에서는
잠시 멈췄다
흐르되 넘치지 않는 법을
어머니는 눈으로 가르쳤다

4. 뜨거운 국물 같은 마음

한 숟가락 국물에
어머니의 마음이 담겼다
김이 오르는 그릇을 들면
말없이 건네던 눈빛 하나,

그 온기
그 국물로
그릇을 비우며
조용히 하루를 넘겼다

어머니의 사랑은
늘 그렇게
따뜻하게 데워져
식지 않은 채
내 안에 남아 있다

5. 밤새 꿰맨 바느질 자국

밤이 깊어도
어머니의 손은 멈추지 않았다
실보다 먼저
마음이 이어졌고,
해진 옷자락 위에
조용히 하루가 덧대어졌다

잠든 우리 곁에서
촛불처럼 흔들리던 그 손길,
바늘 끝에 맺힌 사랑은
말없이 옷 속에 숨었다

아침이 오면
우리는 아무 일 없다는 듯
그 옷을 입고 나섰다

지금도 오래된 옷을 만지면
그 바느질 자국마다

어머니의 밤이

조용히 살아 숨 쉰다

6. 빨랫줄에 매달린 햇살

빨랫줄에
햇살이 매달렸다
어머니의 하루가
하얗게 말라 간다

그 빛 덕분에
내 마음도
조금 가벼워진다

7. 어머니의 기도는 바람처럼

어머니의 기도는
소리 없이 분다
보이지 않아도
늘 먼저 닿아
위험을 비켜 가게 한다

부르지 않아도
지켜 주는 힘
그것이 가족을 지키는
어머니의 기도였다

8. 낡은 앞치마에 새겨진 세월

낡은 앞치마에는

기름과 물과 눈물이 섞여 있다

하루를 가리고

하루를 견딘 흔적

버리지 못한 것이 아니라

버릴 수 없었던 시간

그 앞치마를 벗을 때

어머니는

하루를 다 살았다는 듯

조용히 허리를 펴고

숨을 고른다

9. 자장가로 감싼 별빛

자장가 위로

별빛이 내려앉는다

불안한 밤을

한 겹씩 덮어

잠들게 하던

어머니의 목소리

자장자장 우리 아기

잘도 잔다 우리 아기

별도 자고 아기도 자고

고운 밤 우리 아기 잘도 잔다

10. 어머니 손의 흙 내음

어머니 손에는
흙 내음이 남아 있다
자연처럼
말없이 길러 낸 것들

그 냄새가
나의 뿌리였고
어디서든
나를 돌아오게 했다

11. 밥상머리에서 배우는 인생

밥상머리는

가장 먼저 배우는 예절학교

먹는 법보다 나누는 법을

말보다 손으로 가르쳤다

조용히 내어 주는 반찬 하나에

삶의 방향이 담겼고

그 밥을 먹으며

사람이 되는 법을

사랑과 감사를 배웠다

12. 눈물 젖은 고무대야

고무대야 속 물에
눈물이 섞였다
말하지 못한 사정들

그 물을 비우고
어머니는
다시 하루를 시작했다
눈물은
머무르지 않았다

13. 어머니의 두레박 같은 마음

어머니의 마음은

두레박 같았다

깊은 곳까지 내려가

마르지 않는 사랑을

길어 올렸다

삶의 무게로 힘들어도

두레박은

내려가고 올라왔다

누군가는

끝까지 퍼 올려야 했기에

그 물 덕분에

집은 마르지 않았다

생기꽃이 피는 행복한 날

14. 해 질 무렵 기다림의 그림자

해 질 무렵
문 앞에 길어진 그림자,
어머니는 말없이 기다렸다

골목 끝에서
자전거 바퀴 소리가 들리면
그 눈빛이 먼저 웃었다

어두워질수록 또렷해지던 기다림,
사랑은 늘
집 앞에서
먼저 아버지를 맞고 있었다

15. 어머니의 머리카락에 묻은 세월

어머니의 머리카락에
세월이 내려앉았다
염색으로 가릴 수 없는
시간의 무게
젊음보다
견딘 날들이 많았던 사람

그 흰빛은
슬픔이 아니라
세월의 흔적
시간을 지켜 온 사랑이었다

16. 새벽종 같은 목소리

어머니의 목소리는
새벽종 같았다
잠든 마음을 깨우고
하루를 시작하게 하는 소리

크지 않아도
가장 먼저 울려
삶을 움직였다

17. 어머니의 품은 집이다

어머니의 품에는
문패도 주소도 없다

행복의 온도
사랑의 온도
건강의 온도

늘 한결같은 36.5도
그곳이 보금자리
집이었다

18. 사랑을 말하지 않는 사랑

제3부 - 어머니의 품

어머니는
사랑을 말하지 않았다

대신
오늘은 괜찮은지 묻고
내일을 먼저 걱정했다

표현하지 않아도
사라지지 않는 것들

그 침묵 속에
가장 큰 사랑이
가슴속에 아직도
남아 있다

제4부

고향의 강물

흐르되 끊기지 않는 뿌리

1. 고향 강물에 비친 달빛

동진강 강물 위에
달빛이 잠시 머문다

자전거를 타고
강둑을 달려오던 밤,
은빛 물결이 따라왔다

흐르는 물 위에
비친다고 사라지지 않는다

기억도 이와 같아
붙잡지 않아도
떠나지 않는 것이 있음을
강물은 말없이 보여 준다

2. 흙 내음 나는 길 위에서

흙 내음 나는 길 위에 서면
발걸음이 느려진다

어디로 가는지보다
어디서 왔는지가
먼저 떠오르는 곳

그 길은 고향의 내음
늘 나를 낮춘다

3. 들꽃 사이로 부는 바람

들꽃 사이로
바람이 지난다
꺾지 않고
흔들기만 하는 힘

살아 있는 것들은
그 바람에
자기 자리를
다시 확인한다

4. 고향집 굴뚝 연기

저녁노을이 들 때면
봉화 연기 피우듯
동네 이집 저집 굴뚝에
연기가 피어오른다

굴뚝 연기가 피어오른다
집이 숨을 쉰다
사람이 살고 있다는 흔적은
말이 아니라
연기처럼
천천히 하늘로 오른다

5. 강둑에 앉은 어린 날

동진강 강둑에 앉아
물수제비를 뜨던 아이
시간은 흘렀지만
그 아이는
어린 기억을 기억하고 있다

강물은
그때나 지금이나
같은 속도로 흐르고
나는 가끔
어른이 되어서도
어린아이의 마음을
다시 불러낸다

6. 논두렁에 물드는 석양

논두렁 위로
석양이 번진다
하루가 아쉬운 표정

땀 흘린 만큼
붉어지는 하늘
말없이도 소꼴은
위로가 되는 풍경

고향 하늘의 별은
유난히 많았다
질서 없는 듯 흩어져 있어도
저마다 제자리에서 빛났다

자전거를 타고 들판을 달려
강둑에 멈춰 서면
별들이 먼저 내려다보았다

나는 손가락으로 그 별을 짚으며
영주자리, 경태자리, 영자자리
엉뚱한 이름을 붙여 주었다

그 밤,
하늘은 나의 친구였고
별빛 덕분에
마음은 외롭지 않았다

8. 흰 구름에 실린 고향 소식

흰 구름이 지나갈 때
문득 하늘을 올려다보면
흰 구름 하나
천천히 흘러가고 있다

그 구름을 따라
고향 정읍의 바람도
조용히 마음에 스며들었다

전화보다 느리고
문자보다 더디지만
'괜찮다'는 한마디처럼
은근히 오래 남는 소식

흰 구름은 말이 없었지만
그 위에 실린 안부는
말없이 고향 정읍
안부를 전한다

9. 소나무 숲 바람의 노래

소나무 숲을 지나는 바람은
여유롭게 지나간다

곧게 서 있는 것들만이
들을 수 있는 소리
쓰러지지 않으려
뿌리를 깊게 내린 나무들

그 사이를 지나며
바람은 바람의 은어로
노래를 한다

강하지 않아도
끝까지 서 있는 법을
숲은 그렇게 가르친다

10. 고향 우물 속 하늘빛

우물 속에
하늘이 담겨 있다
깊을수록
더 맑아지는 하늘

사람의 마음도
우물 같음을
고향은
알고 있다

11. 보리밭 춤추는 초여름 바람

초여름 바람에
보리밭이 넘실넘실 춤춘다

기쁨은
소리처럼 먼저
몸으로 전해진다

자라난다는 것은
이처럼
조용히 흔들리는 일

12. 흙길 따라 걷는 발자국

흙길에 검은 고무신 흰 고무신

흰 무명실로 꿰맨 고무신

새색시 꽃고무신

발자국이

가지각색으로 남는다

아스팔트와 달리

지워지지 않고

기억처럼 남아

누가 지나갔는지

말없이 알려 준다

13. 고향 강물은 나를 부른다

동진강 강물은
이름을 부르지 않는다
그런데도
나는 돌아본다

흐르는 물 앞에서
사람은 자꾸 낮아지고
그 낮아짐 속에서
잊고 살던 마음들이
다시 떠오른다

고향의 강물은
지금도
조용히 나를 부른다

14. 여름 매미 울음 속의 낮잠

매미 소리 가득한 오후
눈을 붙이면
시간이 멈춘다

아무것도 하지 않아도
생각이 많고
괴테의 철학을
이야기하던 시절

그 낮잠 속에서
삶은 잠시
무게를 내려놓는다

15. 가을 들녘 황금빛 물결

가을 들녘은
황금빛으로 출렁인다

수확은
소리 없이 다가오고
기다린 만큼 땀 흘린 만큼
모든 것이 돌아온다

자연은
빚을 지지 않는다
때도 어기지 않는다

16. 겨울 고향집 눈발

눈이 내리는 고향집 마당
모든 것이 잠시 멈춘다

발자국도
소리도
아이들 웃음도,
하얀 침묵 속으로 스며들고
세상은 낮은 숨처럼 고요해졌다

방문 창호지에 붙은 작은 유리창으로
밖을 내다보았다
눈은 소리 없이 쌓여
마당과 지붕과 감나무를
흠뻑 덮고 있었다

그날의 겨울은
차가웠지만
어쩐지 마음은 따뜻했다
하얀 눈 속에

고향의 그리움이

조용히 내려앉고 있었다

제5부

아버지의 길

존경이라는 이름의 계승

1. 아버지의 굽은 등

아버지의 등은
언제부터인가 굽어 있었다

짐 때문이 아니라
삶을 먼저 안아 주느라
앞으로 기울어진 모양

그 등 뒤에서
바람을 덜 맞으며 자랐고,
말없이 길의 방향을 배웠다

지금도 그 등을 떠올리면
굽은 자리마다
사랑이 깊게 파여 있다

   생기꽃이 피는 행복한 날

2. 고단한 손마디의 이야기

아버지의 손마디에는
검게 묻은 시간이 맺혀 있었다

자전거를 거꾸로 세워 놓고
체인에 기름을 바르던 손,
툭툭 두드리면
바퀴는 다시 가볍게 돌았다

그 손을
마술처럼 바라보았다

아버지가 건네준 것은
돈이 아니라
삶을 고쳐 타는 법,
그저 묵묵히
앞으로 나아가는 힘이었다

3. 이른 새벽 발자국

아직 별빛이 남아 있을 때
아버지는 먼저 대문을 열었다

마당을 스치는
낮은 발소리 하나,
세상을 깨우기보다
자신을 먼저 일으키던 걸음

서늘한 새벽 공기 위에
찍히던 그 발자국을
이불 속에서 듣고 있었다

그 위에
말없이 얹혀 있던
우리 집의 하루

지금도 새벽이 오면
그 발자국이 먼저 떠오른다
아버지의 걸음은

늘 나보다 앞에서

조용히 길이 되어 주었다

4. 아버지의 침묵

아버지는
중요한 말을 아꼈다

침묵 속에
결정을 담았고
설명 대신
책임을 남겼다

그 말 없음 덕분에
나는
말보다
행동을 먼저 생각하게 되었다

5. 담배 연기 속의 그늘

저녁 마당 끝,
담배 연기가 느리게 올라가면
아버지의 하루도 함께 풀렸다

말하지 못한 생각들이
연기 속에 섞여
노을빛으로 흩어지던 시간

아버지의 등을 보고
그저 강한 사람이라 여겼지만,
돌아보니
그 자리는
혼자 서 있어야 했던 자리였다

연기처럼 흩어지지 못한 외로움이
아버지의 어깨에
조용히 내려앉아 있었다

6. 기름 냄새 묻은 아버지 옷

아버지의 옷자락에는

늘 기름 냄새가 배어 있었다

비누로 여러 번 빨아도

끝내 지워지지 않던 냄새

그 냄새를 그땐

괜히 찡그리며 맡았지만,

지금은 안다

그것은 노동의 냄새였고

가족을 먹여 살린 시간의 향기였다

해 질 무렵

그 옷을 걸어 두던 자리에서

고향의 저녁이 함께 숨 쉬었고,

나는 그 품에서

아무 걱정 없이 잠들었다

지금도 문득

기름 섞인 바람이 스치면

그 옷자락이 먼저 떠오른다

아버지의 사랑은

그 냄새처럼

끝내 지워지지 않는다

7. 논두렁에서 본 땀방울

논두렁 끝에서
아버지의 땀방울이 먼저 떨어졌다

고개를 들기보다
땅을 더 오래 바라보던 사람,
하늘보다 흙을 믿던 눈빛

햇살에 젖은 그 이마 위에서
한 방울씩 스며든 사랑은
말없이 벼를 키우고
나를 키웠다

지금도 들녘을 지나면
그 땀방울이 먼저 떠오른다
조용히 불러 본다,
아버지

 생기꽃이 피는 행복한 날

8. 아버지의 눈빛

아버지의 눈빛에는
격려보다 먼저
깊은 믿음이 서 있었다

'잘한다'는 말 대신
가만히 바라보는 시선 하나,
넘어져도
다시 일어설 것을
이미 알고 있는 눈

그 눈빛 앞에 서면
괜히 마음이 단정해졌다
변명은 낮아지고
책임이 먼저 떠올랐다

말은 적었지만
그 눈빛이 비추는 곳에는
늘 한 줄기 길이
조용히 열려 있었다

9. 무거운 짐을 진 어깨

아버지의 어깨에는
늘 짐이 얹혀 있었다
놓지 않은 것이 아니라
놓을 수 없었던 하루의 무게

그 어깨에 기대
울기도 하고 웃기도 했다
세상의 바람이 거셀수록
아버지의 등은 더 낮게 버텨 주었다

그래서 나는
풍파를 만나도
"누구나 겪는 일이다."
가볍게 넘길 수 있었다

지금 돌아보면
아버지의 무거운 어깨가
내 삶을 대신 받아 낸
사랑의 자리였다

10. 아버지의 침상 곁에서

침상 곁에 앉아
고요히 숨을 들었다

늘 앞서 걷던 등이
그날은 조용히 누워 있었다

방 안에 모인 세월이
낡은 창호지처럼 흔들리고,
처음으로
아버지의 시간이
나와 다르지 않다는 것을 알았다

두려움 대신
가슴 깊은 곳에
짠한 그리움이 내려앉았다

그 숨결 하나로
나는 다시
아버지의 아들이 되었다

11. 손끝에 남은 거친 흔적

아버지의 손끝에는

세월이 스쳐도 지워지지 않은 상처들

손바닥에 굳은살로 남고

손등에 금처럼 패여 남은 시간들,

고단했던 날들이

억지로 덮이지 않고

그 모습 그대로 새겨진 자리

부끄러워 숨긴 적 없고,

아픔이라며 지워 버리지도 않았던

아버지 삶의 기록이었다

그 손은 나를 밀어 올리기보다

한 발짝 물러서

내가 스스로 서기를 기다렸다

따뜻하기보다 단단했던 그 손,

그 거친 온기가

넘어질 때마다

조용히 나를 받쳐 주었다

지금의 내가 흔들려도
쉽게 쓰러지지 않는 이유,
아버지의 손끝에서
이미 배운 힘 때문임을
뒤늦게 알았다

12. 아버지의 길 위에 서서

아버지가 걸어온 길 끝에
잠시 서 본다

같이 걷겠다는 다짐보다
왜 그 길을 택했는지
이제야 조금 알 것 같아서

고향 들길에 남은
굽은 발자국을 따라가면
바람보다 먼저
마음이 느껴진다

존경은
따라가는 것이 아니라
이해하는 것임을
아버지는
말없이 가르쳐 주었다

생기꽃이 피는 행복한 날

13. 아버지의 이름

아버지의 이름은

크게 불린 적 없었다

그러나 그 이름 아래

집이 서 있었고

저녁 호롱불도 꺼지지 않았다

바람이 불어도

가족이 흔들리지 않았던 것은

그 이름 아버지

보이지 않게 받치고 있었기 때문이다

가끔

혼잣말처럼 불러 본다

아버지

그 세 글자가

지금도 조용히
내 등을 세운다

 생기꽃이 피는 행복한 날

14. 묵묵히 걷는 그림자

해 질 무렵
고향 들길 위로
아버지의 그림자가 길게 누웠다

앞서지도
뒤처지지도 않은 채
내 곁을 나란히 걷던 그 어둠

아버지는 말을 하지 않았다
걸음은 한 번도 갈팡질팡하지도 않고
급히 앞서려 하지도,
힘들다 멈춰 서지도 않고
아버지의 걸음으로 묵묵히 걸었다

바람이 불어도 발을 빼지 않았고,
해가 기울어도 길을 바꾸지 않고,
조용히,
자신이 서 있어야 할 자리를
지켜 낸 사람이었다

지금도 노을이 번지면
아버지의 그림자가 먼저 떠오른다

15. 바람결에 실린 아버지의 노래

아버지는 노래를 부른 적이 없다
그러나 고향 들판에 바람이 불면
아버지의 하루가 먼저 울렸다

이겨 낸 날들,
버텨 낸 시간들,
끝내 포기하지 않았던 마음

말 대신 남겨진 그 삶이
낮은 음처럼 번져
내 마음 한쪽에 자리 잡았다

지금도 바람이 스치면
어디선가 들려온다
아버지의 노래는
소리 없이
내 삶을 받치고 있다

16. 밭고랑에서 부르는 생명

밭고랑 사이
아버지는 말없이 씨를 묻었다

햇살을 헤아리고
비 오는 날을 견디며
기다리는 법을 먼저 심었다

그 손길 아래
작은 씨앗은 흙을 밀고 올라와
연둣빛 숨을 틔웠다

생명은 늘
조급한 사람보다 먼저 자랐고,
그 들판에서
기다림이 사랑이라는 것을
뒤늦게 배웠다

17. 아버지의 저녁 밥상

저녁 밥상 앞의 아버지는
하루를 다 써 버린 사람처럼
조용히 숟가락을 들었다

그릇을 채운 것은
밥보다 먼저
버텨 낸 시간이었다

김 오르는 국 사이로
말 대신 숨이 오갔고,
아버지 곁에서
아무 일 없던 하루가
얼마나 큰 축복인지
조용히 배워 갔다

지금도 저녁이 오면
그 밥상 위에 남은
아버지의 침묵이
따뜻하게 떠오른다

제6부

어머니의 품, 나의 뿌리

모든 길이 돌아오는 자리

1. 어머니의 두 손

어머니의 두 손에는
새벽의 김과 저녁의 노을이 묻어 있었다

말은 적었지만
그 손을 잡으면
세상은 늘 따뜻했다

울기 전 등을 쓸어 주던 온기,
넘어지면 먼저 일으키던 숨결

지금도 지친 날이면
어머니의 손이 떠오른다
거칠고 따뜻했던 어머니의 두 손
아직도 나를
조용히 안고 있다

2. 밥 짓는 연기 속에서

밥 짓는 연기가 굴뚝을 지나
지붕 위로 피어오르면
집은 다시 숨을 쉬었다

어머니는 말 대신
불씨를 먼저 살피고
조용히 하루를 얹었다

연기 속에는
보리밥보다 먼저
어머니의 마음이 익어 갔다

보리밥의 구수한
냄새가 문턱을 넘으면
지친 하루도
조용히 고개를 숙였다

어머니의 온기 속에서

세상을 다시 견딜 힘을
배웠다

생기꽃이 피는 행복한 날

3. 새벽마다 불 켜진 부엌

새벽녘 유난히
반짝이는 금성별
별빛이 반짝일 때
부엌 불이 먼저 깨어났다

누군가의 아침을 위해
자기 하루를 앞당기던 사람,
어머니

보리쌀을 학독에 가는 소리
보리쌀을 씻는 물소리 사이로
작은 기도가 스며들고
다정한 손길로 익어 갔다

밥 짓는 김이 오르면
그 온기가 집 안을 돌며
하루를 먼저 덮어 주었다

그 불빛 아래서

세상이 차가워도
따뜻하다는 것을
배웠다
어머니

4. 어머니의 무릎

어머니의 무릎은
세상에서 가장 낮은 자리였다

내 울음이
먼저 내려앉았고,
흐느낌은 그 온기 속에서
천천히 풀렸다

말없이 쓰다듬던 손길 하나,
등을 덮어 주던 치맛자락 하나가
흔들리던 하루를
조용히 덮어 주었다

그 무릎 위에서
한 번 더 울고
한 번 더 숨을 고른 뒤
다시 일어서는 법을 배웠다

지금도 지친 날이면

마음은 먼저
어머니의 무릎으로 돌아간다

5. 주름진 손등 위의 노래

어머니의 손등 위에는
가느다란 주름이 강물처럼 흐른다

젊음은 흘려보냈지만
지켜 낸 날들이
그 자리에 조용히 남았다

밥 짓던 김과
빨래 물의 차가움,
아이를 안고 지낸 밤들이
한 줄 한 줄 새겨져 있다

어머니의 손이 등을 쓸어 주면
지친 하루는 낮게 고개를 숙이고
포근히 덮였다

아름다움이 무엇인지
어머니는 말하지 않았다
어머니의 손등으로

삶을 노래처럼

보여 주었을 뿐이다

6. 눈물 젖은 기도

어머니의 기도에는
기도 제목이 없었다

자식이라는 이유 하나로
밤을 지새우고
눈물은 소리 없이 삼켰다

등불 아래 모은 두 손,
말 대신 젖어 있던 눈빛이
내 이름을 먼저 불렀다

들리지 않아도
그 기도는 늘 앞서 가면서
험한 길을 조금 비켜 주었고,
거친 세상을
부드럽게 덮어 주었다

어머니의 눈물 덕분에
여러 번 넘어지면서도

지금의 나로
남을 수 있었다

7. 바람결에 실린 자장가

자장가는
바람을 타고 왔다
불안한 밤을
조금씩 덮으며
잠들게 하던
어머니의 숨

그 소리는
지금도
내 마음을
먼저 재운다

8. 어머니의 치맛자락

어머니의 치맛자락은
세상에서 가장 따뜻한 그늘이었다

울음을 숨기던 날
치맛자락 안으로 파고들면
숨이 먼저 고요해졌다

묻지 않고
쫓지 않고
그저 덮어 주던 온기

지금도 지친 마음은
그 그늘 아래로
조용히 돌아간다

9. 작은 밥상 위의 세상

작은 밥상 위에
고향의 하루가 놓였다

반찬은 많지 않아도
먼저 내미는 숟가락 속에
나누는 법이 담겨 있었다

어머니는 말없이
밥으로 하루를 덮어 주었고,
나는 그 자리에서
사람이 되는 법을
조용히 배웠다

10. 어머니의 눈빛

어머니의 눈빛은
끝을 알 수 없는 강물 같았다

'믿는다'는 말 대신
끝까지 바라보는 힘으로
내 등을 밀어 주었다

실패로 고개를 숙인 날에도
그 눈빛은 흔들리지 않았고,
어머니의 시선 안에서
포기보다 기다림을
먼저 배웠다

해 질 무렵
집 안을 덮던 그 따뜻한 눈빛이
오늘 하루를
조용히 덮어 준다

11. 등불 같은 마음

어머니의 마음은
마루 끝에 켜 둔 작은 등불 같았다

세상을 다 밝히지 않아도
내가 돌아올 자리만은
조용히 비추던 빛

늦은 밤 문 여는 소리에도
불씨를 낮추지 않고
끝까지 기다리던 숨결

사랑은 그렇게
크게 타오르지 않아도
바람 속에서
꺼지지 않게 지켜 내는 일

세상이 어둡게 내려앉는 날에도
그 작은 빛은
내 마음 한쪽을 조용히 붙들어 주었고,

흔들리던 발걸음은

그 온기 속에서 멈추어

비로소 숨을 고르며

다시 '집'이 되었다

12. 어머니의 편지

어머니의 편지는
늘 짧았다

밥은 먹었는지
날은 춥지 않은지

그 몇 줄 사이에
말하지 못한 사랑이
겹겹이 접혀 있었다

읽을 때마다
나는
글보다 먼저
사람의 마음을
꺼내 보게 된다

13. 고요한 밤의 기도 소리

모두 잠든 밤
어머니의 기도만 깨어 있었다

소리는 낮았지만
하늘은
그 기도를
놓치지 않았다

14. 눈물로 키운 꽃

어머니는
눈물로 꽃을 키웠다

보이지 않게
흘린 시간들

그 꽃은
화려하지 않았지만
쉽게 지지 않았다

나는
그 꽃 그늘 아래서
자랐고
지금도
그 이름을
부르며
살아간다

그 이름은

생기꽃

15. 어머니의 발걸음

어머니의 발걸음은

늘 바빴다

어머니보다

가족을 먼저 향한 걸음

멈추지 않았기에

집은

집으로 남았고

나는

길을 잃지 않았다

16. 웃음 뒤의 그늘

어머니의 웃음 뒤에는
그늘이 있었다

말하지 않은 아픔
삼켜 낸 눈물

그늘에
웃음은
가볍지 않았고
사랑은
쉽게 사라지지 않았다

그늘을 가진 사람만이
끝까지
밝을 수 있음을
어머니는
몸으로 보여 주었다

17. 어머니의 품, 나의 뿌리

어머니의 품은
내가 떠났던 곳이 아니라
늘 머물러 있던 자리

돌아오지 않아도
이미 안에 있었던 근원
세상이 나를 흔들 때
어머니의 품을 떠올렸고
그 기억 하나로
다시 서 있었다

어머니의 품은
집이 아니라
뿌리였다

어디서든
마르지 않는 뿌리

생기꽃 문학 선언문

우리는 꽃을 노래하기 위해 모이지 않았다.

우리는 구조를 기록하기 위해 모였다.

생기꽃은 자연에 피어 있는 꽃이 아니다.

생기꽃은 생기명인 기풍 선생의 생기철학에서 탄생한 창조 개념이다.

그 꽃은 흙에서 올라온 것이 아니라,

사유에서 형성되고 구조에서 완성된 상징이다.

생기꽃의 여섯 꽃잎은 장식이 아니라 질서이다.

사방과 위아래, 하늘과 땅과 사람의 균형을 담은 육각의 이치다.

그 중심은 화려함이 아니라 머묾이며,

머묾은 곧 생기가 모이는 자리다.

우리는 감성에 기대지 않는다.

감성은 꽃잎일 수 있으나 중심은 아니다.

생기꽃 문학은 구조 위에 서고,

구조를 통해 삶을 읽는다.

생기꽃은 상업적 장식으로 축소되지 않는다.

유행어로 소비되지 않는다.

자연 꽃과 혼용되지 않는다.

그 개념의 출처는 오직

기풍 선생의 생기철학에 있다.

생기꽃 문학은 설명을 목적으로 하지 않는다.

기록을 목적으로 한다.

기록은 보존을 위함이며,

보존은 전승을 위함이다.

우리는 감정을 흘려보내지 않는다.

질서를 통해 감정을 세운다.

우리는 슬픔을 미화하지 않는다.

균형을 통해 슬픔을 머물게 한다.

생기꽃은 피어나는 순간보다

머무는 시간이 더 길어야 한다.

그래야 한 송이가 아니라

한 세계가 된다.

이 선언은 한 권의 시집을 위한 것이 아니다.
한 사람의 명성을 위한 것도 아니다.
이 선언은
생기꽃이 문학의 한 갈래로
오래 남기 위한 약속이다.

생기꽃은
기풍선생의 철학적 개념에서 나온 꽃이다.
그리고 우리는
그 꽃을 쓰는 사람이 아니라
그 꽃을 기록하는 사람이다.

104수의 생기시를 마치며

104편의 시를 쓰는 동안

나는 먼 곳으로 가지 않았습니다.

고향의 흙을 다시 만지고,

아버지의 등을 오래 바라보고,

어머니의 손을 천천히 떠올렸을 뿐입니다.

시를 쓴 것이 아니라

지켜 낸 시간을 다시 불러 앉힌 일이었습니다.

행복은 새로 얻는 것이 아니라

잊지 않고 돌아오는 마음이라는 것을

이번 시집을 통해 다시 확인했습니다.

아버지의 침묵은 길이 되었고,

어머니의 기도는 뿌리가 되었습니다.

강물은 흐르되 끊기지 않았고,

들꽃은 말없이 제자리를 지켰습니다.

생기꽃은 특별한 꽃이 아닙니다.

삶을 긍정적인 마음으로 살면서,

긍정적인 마음 긍정적인 생각

긍정적인 말씨를 사용하고

긍정적으로 올바로 행동할 때,

하루를 성실히 살아낸 자리에서

조용히 피어나는 마음의 형상 꽃입니다.

이 시집이 당신의 곁에 놓여

잠시 멈추어 서게 하는 책이 되기를 바랍니다.

읽고 덮는 것이 아니라,

살다 문득 다시 펼치게 되는 책이 되기를 바랍니다.

104송이의 생기꽃을 내려놓으며

나는 또 하나를 배웁니다.

행복은 멀리 있지 않다는 것,

그리고 우리가 이미 그 안에 서 있었다는 것을.

조용히,

당신의 하루에도

한 송이 생기꽃이 피어나기를 기원합니다.

  생기꽃이 피는 행복한 날

생기꽃이 피는
행복한 날

ⓒ 안종회, 2026

초판 1쇄 발행 2026년 4월 22일

지은이   안종회
펴낸이   이기봉
편집   좋은땅 편집팀
펴낸곳   도서출판 좋은땅
주소   서울특별시 마포구 양화로12길 26 지월드빌딩 (서교동 395-7)
전화   02)374-8616~7
팩스   02)374-8614
이메일   gworldbook@naver.com
홈페이지 www.g-world.co.kr

ISBN   979-11-388-5887-8 (03810)